曹韵 著

偷诗歌的人

一本生活中偷来的诗歌，
一些温暖影影绰绰。

南京出版传媒集团 南京出版社

图书在版编目（CIP）数据

偷诗歌的人 / 曹韵著. -- 南京：南京出版社，
2022.5
ISBN 978-7-5533-3525-4

Ⅰ.①偷… Ⅱ.①曹… Ⅲ.①诗集 – 中国 – 当代
Ⅳ.①I227

中国版本图书馆CIP数据核字（2022）第069133号

书　　名　偷诗歌的人
作　　者　曹韵
出版发行　南京出版传媒集团
　　　　　　　南 京 出 版 社
　　社址：南京市太平门街53号　　　邮编：210016
　　网址：http://www.njcbs.cn　　电子信箱：njcbs1988@163.com
　　联系电话：025-83283893、83283864（营销）　025-83112257（编务）

出 版 人　项晓宁
出 品 人　卢海鸣
责任编辑　包敬静
装帧设计　张　淼
特约编辑　陆　萱　邹云香
责任印制　杨福彬

制　　版　南京新华丰制版有限公司
印　　刷　南京爱德印刷有限公司
开　　本　889毫米×1194毫米　1/32
印　　张　7.625
总 字 数　123千
版　　次　2022年5月第1版
印　　次　2024年11月第12次印刷
书　　号　ISBN 978-7-5533-3525-4
总 定 价　52.00元

用微信或京东
APP 扫码购书

用淘宝 APP
扫 码 购 书

序：他不能留住时间，于是写诗

惊竹娇

在给这本诗歌集作序时，我想了很多。是应当有一个盛大如烟花的开头，还是什么，其实，我都不知道如何能面对"诗"这个字侃侃而谈。

我一直觉得诗是人类第二个学会的语言，我们学会母语后，开始表达，于是就有了诗。人人都可以写诗，爱怎么写怎么写，读了书写，不读书写，谁都可以写，没有任何标准，单单把它当作一组只有自己能读懂的摩斯密码，记录最真实的自己，都足以成诗。

我们在诗的世界里，既能表达自我，还能去碰触别人的心灵表达，这真是最幸运的两件事。

其实世界上发光的东西有很多，但眼睛并不能看见全部，所以我们可能需要常常停下来，反省自己，想想来时的路，听听路上的风，再用心去感受风上的天空。这些都是多彩的，缤纷又浪漫。而这些往往不太容易触摸的事物，常常都是文字替我们在感受，在表达。这是诗能做到的事情，于是我们学会思考，对白最真实的自己。

从这点上开始谈起，曹韵和我是同类人，而每一位打开这本诗集的朋友，也是同类人，我们在不同的人生里，不同的缤纷事物当中，有着相似的对谈和浪漫。我也始终相信，这本诗集值得许多同类人停留和驻足。它给我的感受，可能更像是一个人的自白，曹韵慢悠悠地讲述每一天遇见的平凡但值得记录的事。他不能留住时间，于是写诗。他讲花鸟，讲城市，讲爱情，讲这个世界上明明存在却又容易被忽略的一切。他觉得这个时代太快了，繁华盛景一个接着一个，却很久没有为一片田野，真真实实驻足停留过。

他暂时停下前行的汽车，暂时放下手里繁忙的工作，把自己关在了一张纸里，用笔写下今天又发生了什么。

这本诗集叫《偷诗歌的人》，我想除了曹韵，我们又何尝不是呢。在不曾停歇下来的时间洪流里，我们留不住任何事物，但我们下水捞鱼，捞一些平常又闪闪发光的日子。长袖湿了，裤脚也湿了，而这些被打湿的地方，我们把它叫作诗歌。

我喜欢这些诗，就如同我喜欢着那些被我忘记了但依旧精彩过的生活。所以不管如何，我都希望我们可以给灵魂片刻休息，留心风月、爱情，以及想写的一切。

这个世界，可以被一些世俗埋上尘土，就可以在一张纸上破土而出。

目　录

世上最好的诗歌，

是热爱生活。

我要在最好
猛地一口
吞下人间好

的年纪

多的忧愁

第一章

从岁月中盗得几首往事

夜

有人心碎一万次
有人读一首诗
有人藏器待时
有人心不死
有人请月亮穿过窗
裹紧被子
有人半夜收拾
想逃离城市
有人不知
已成为别人的心事
有人道一声晚安
却依然与黑夜僵持

鸟之诗

突然羡慕一只鸟

除了去人间觅食

一辈子都在天空写诗

写一些人类　自以为能懂的句子

可是人类压根不懂自由

不懂它翅膀下的风

不懂千山过尽

江河只需眨一眨眼睛

将

孤独是你长久的朋友

爱只会偶尔来敲门

我们应当与孤独同生

弹琴　看书　买菜　对日子诚恳

一生有太多遗憾与失去

我们要好好打扫悔恨

种新的花　忘旧的人

掌好夜深的　每一盏灯

爱来时切切听闻

爱走时不惧回声

我将永远忠诚于这短暂的一生

白天行至黄昏　夜晚仰望星辰

追寻山河烟火　亲厚挚爱亲人

两次

我这一辈子

只会感谢上天两次

一次是这对平凡的夫妻

将我带来人世

有幸与他们膝下为子

另一次是那天

我遇见你笑的样子

余者皆算不得恩赐

给你们的信

应当写信告诉我的家人以及朋友

近来无恙　远了　不敢讲

有许多奢望　事事如常

这里也有好看的日落和云朵

夜晚也有你们当头的月光

大抵不会更有出息　唯有尽力

你们赋予我的善意　虽紧紧珍藏

但也会取出一些　赠给这个世界

至于一些悲伤　一些泪水

生活勒住喉咙的辛苦

就不打算对你们多讲

这些小事　这些生死之外的事

无论多大的风浪

也将成为一朵浪花

拍在我坚韧的身体之上

碎在我咬紧牙关的漫长岁月

生命的时时刻刻

该请谁来聆听
荒野的风声吹向月亮
我心如荒野　凛风不歇

该请谁来触及
青山的恻隐藏了四季
我身如青山　瘦悭贫瘠

该请谁来抵达
镜中青花结成了白发
我灵魂如镜　虚馨年华

该请谁来行歌
长河两侧的落落景色
我生如长河　终生奔波
终生　一无所获

旅客

夏天从树梢　从街道搬走了
我走上街头看了看
人间的下一位旅客——
秋天从很久以前
风尘仆仆地搬到了人间
我问他会住多久
他说　住到下雪的那天

在窗前

暴雨糟蹋过的地面

耳目一新的人间

雨卷成千家万户的珠帘

心思剔透又寿命短浅

行人本想要停下脚步

却又没有时间

一只伤口生蛆的狗试图清洗

流浪好几天的疲倦

孩子们从不避雨

独自一人游戏人间

独自一人游戏万年

无所事事的我

在窗前

八月

八月　我不知要迎接什么
迎接毒辣而端庄的太阳
迎接安然无恙　抑或庸碌平常
迎这生命中的山山水水
不知如何安放

八月　我不知该戒掉什么
戒掉瓶中的水　青天的云
戒那人不来　玫瑰烂成白月光
戒种种如梦的幻想
工作和理想交织的虚妄

八月　我不知该种下什么
种下众生平安的愿望？
让水离开城市村庄
流向江河海洋
让灾厄成为过往

就告别吧
让过往的故事留在过往
八月有我八月的风光

九月

九月的第一个失眠早早来临

悲喜中有阵阵彻夜不眠的声音

月亮落进了山谷

把人间留给了淡淡的几颗星

夜空照着夜色　照见秋朔

因果隔着银河　隔岸观火

晚风吹过　吹落我簌簌的叹息　很轻

万千的心事　浮着　浮成漆黑的云朵

又碎成一片　点点浮萍　点点晚星

这人世间呐　住了许多精灵

只是为了生活　收起了好奇心

我辗转反侧　世事糊涂的因果

沉沉睡着　忽远忽近的神佛

可什么都在凋零

什么都不足以指点迷津

我有月亮背面的痛心

但也不妨碍我　欢迎太阳的光临

骆驼

日落敲开家门
今夜星辰做客
月亮从酒杯中升起
知己谈笑风生
每一口小酌
都饮尽一杯月色
夜深后　晚风替我
送别星辰以及往事
在漫兮远兮的荒漠
谁又不是杳杳银河
一只驮着命运的骆驼

只字未改

在遥远的过去
有我们遥远的未来
时间的邮差
给过去盖上邮戳
把因果投递至现在
而我们在岁月的中央
只字未改

念念为诗

死在谁的怀里

死在哪个年纪

死在哪座城市

葬在哪座青山

老家的前半生

送别父母和回忆

新屋的后半世

迎接未知和孩子

一生　算作一件事

还是　各执一词？

这些都是　二十岁时

没有想明白的事

所以写下来　念念为诗

慢慢

是一个慢的人

吹慢慢的风

等候慢慢的黄昏

除却年岁　除却青春

没有什么能在我的身体里

快起来

像一列慢车　被周围的人

呼啸而过

慢慢思前　慢慢想后

慢慢热着　慢慢冷

就连忘记一个人

也慢得很

亭亭

没有谁会为一棵树撑伞
下雨的时候
他必须学会坦然

问风　问路过的行人
问落在身上的闲话
问谁　都得不到回答

他身在人间
人间便无可回避
随春而春　遇夏则夏
在四季中咬住牙
热烈地扎根
风斯在下

天蓝时他青
雪白时他青
这不改颜色的一生
志将亭亭
容忍一只鸟落下
卧听风涛闲云
不忍年华虚罄
几百年后　成为森林

年轻的船舱

一只在大海中对抗过风浪的船

早已不再追求爱和理想

我爱我身体里的青苔

而满腹心事的船帆

需要一碗饱饭

而年轻的船舱

停在碌碌无为的海港

日月入怀　朝花夕败

修缮一湾破碎的月亮

修缮一只潮湿的舢板

借着一瓶朗姆酒和星光

静静看着　许多人启航

在落叶处依偎

想起的人越来越少

往事也如陈词滥调

写一行少一行

字字晕开　词词浅薄

车马喧嚣的青春

不过几个故人

风华正茂地挥斥

无非高谈阔论

赏心乐事　各开一枝

如今站在秋叶落下的地方

故人不过是几个念头

她却在漫天大雪的人生里

等候我的哀愁

故我

你不能谴责长风
从你的生命中穿堂而过
你无法怪罪命运
嬉戏自己不设防的生活
你从不拒绝　也从不迎合
爱起来谨慎　贪心　又吝啬
讨厌的一切并不直说
在本该坦荡的年纪
丢掉了洒脱
你不甘　懒惰　又自我
不肯用心雕琢
时至今日
成为现在的你
自己都半推半就默许过的
众生天地你都怨不得

从江南出发

睁开眼　我便生在江南

那年我收拾细软

取几两清风与毫毛之雨当作盘缠

用十几岁的年纪　作别娇媚的青山

在北上的大河尽头　拔剑四顾

北方有我的爱情　有一把待撑的伞

一个晴朗的姑娘在雨中等了很久

如今故乡还有明月　还有伤心的河岸

至于理想　人间何处不是

至于人间　岂止塞北与江南

走路去看你

走路去看你时

每一步都踩着风

我一次次按住内心的妙不可言

却还是吵醒了整个世界

每一棵树摇起风铃

每一朵云都驮着思念

不停倒退的城市

永不停歇的钟声

来不及开口　便已跨了千年

仅仅是走到你身边

江南的景色便已扑面

树先生

我看着一棵树　从年头看到了年尾
只为岁月掉了一些似是而非
而到了死于非命的年纪
一把锯　花个几分钟　了结了它的一生
它木屑纷飞　流不出泪
到死　也沉默得　没有喊出那个疼字

它是个有根的人呐　虽然依旧人间浮萍
一生云驻风定　可它有根
它半截身子入土　在等一个人

那个赐它前半生　也给它料理后事的人
替它把眼睛捐献给黑夜
把四肢捐献给一把斧头
把肉身烧成灰烬　举目无亲
把一生破碎成结局　活得无凭无据

本来

并不是一块巨大的岩石

当海潮被季风鞭打着奔来

一往一复起起落落地冲击着

便自以为　人生浩荡如海

时日愈久　愈觉得日光曝晒

像不被日子享用的水果

一点点丢失内心的潮湿

这些日子

梅花终于开了起来

却不过只是对于冬天

一点点可怜的狡辩

可能本来就没有四季

也就等不来春天

一颗本大有可为的心

空有一片岁月光临

日落的眼神

我喜欢日落胜过一切
蓝　风上的君王
人间的魑魅魍魉
该停歇的停歇
该荒唐的荒唐
专心致志地将世界遗忘
我爱白天和黑夜之间
那阵短暂的心慌
我爱你的眼神
比黄昏的日落闪亮

行李的香气

母亲连夜

将南方的月光

熬进了食物当中

离家奔赴的孩子

以此填满行李

好在某个夜晚

架起炉火

借一碗食物的香气

疗愈念家的顽疾

简陋的雕塑

别做太多无谓的决定
一年所剩无多
一年匆匆而逝
去推翻叹息的树
约谈身体里隐秘的孤独
请关心母亲
给远方致以问候
踏踏实实读一本书
在一座普通的灵魂之上打磨
如同简陋的雕塑

低头

茁壮的麦子低了头

人们称之为成熟　或是丰收

世俗的镰刀收割命运的喜悦

秋风是一场洗礼

一片撑不住的叶子

摔倒在　一条伤心的街上

轻得像一座山　重重地坍塌　轰隆作响

远方的旅途　总是伴有迷失的脚步

人生的箭头　转了一圈　歪歪扭扭

却指向了归来　而我们从未到达　从未到达

年轻人一手提着山　一手提着河流

我无意对抗命运

我只是久久低不下头

今夜我是一条静静的河

有一天晚上　风也不吹　月影不晃
我躺着　不写诗　不为人生懊丧
不睡　不放　却也什么都不想
把人生从今夜的身体上　划开
分做河岸的两旁
一岸是明天　天迟迟不亮
一岸是散落无序的过往
今夜我是一条静静的河
静静地流淌
而明日　明日又不知
去往何方

去雪地里写诗

把辞藻堆得如一个雪人

十分需要天分

假的雪人有鼻子有眼　好看

真的雪人刻上了灵魂

我躲在家中　窗子旁

看古往今来的诗人

在漫天大雪里忙忙碌碌

我偶尔将手伸出窗外

偷来几粒细碎的雪花

给家里微弱的炉火

给身旁的妻子　就着日子　烤着吃

于我来说　便是这片土地上

最晴朗的事　即便硕雪纷纷

凡人们　放下手头上的事

通通去雪地里写诗

我只盼着雪能再大一点

大到诗人们挤在一起　不分彼此

把一颗心摁进泥土里

想在春天的时候

把一颗蠢蠢欲动的心

摁进泥土里

来不及细心播种

便要急着忙于生活了

只好祈求老天　偶尔浇一些月光

偶尔浇一些　扶摇直上

但别浇过多的太阳

一颗本就灼热的心　怕烫

我想尽快赚到一些酒钱

尽快来看一看它

如果来不及开成一朵花

那就在我醉倒之后

烂在泥土里吧

用一声叹息　假装苗芽

无胆

也想试一试去山里

有一座庙　或者没有

木屋　瓦房　认不得名字的茅草

看看自己是否能放下一切

看看放下一切的山里

有没有掉下心事的叶子

有没有不沉重的黄昏

有没有洗得清罪孽的溪水

有没有比黑夜短一点的黑

有　或者没有？

试一试又何妨

试一试　又没有胆量

我执

痛哭于每条旱情中

干死的河

流连于晨光中

露水的一场风波

但愿所有的分别

都是各得其所

眼见过太多波澜壮阔

收拾了诸多非你不可

这世间男女痛快落席

许多爱情不堪一击

跟一阵春风含情脉脉

跟一缕炊烟暗送秋波

一场秋雨　一片云朵

一次次可有可无的错过

整颗心千疮百孔

却从容不迫

整颗心漏洞百出

却不容分说

只愿为你赴汤蹈火

怕什么走火入魔

我的心为你红装素裹

我的心被你痛快收割

一间房子

眼前的这座房子需要翻新

尽量彻骨一些　我长久地打量

三十岁的墙皮披上一层新潮吧

虽然终究会过时　虽是表象

散光的窗子　也挡挡雨水　也揭开欲望

屋顶的茅草可能也需要补上

毕竟起风的时候　已经有些凉

推开已经不那么坚固的门　吱呀一声

乱七八糟　堆着许多爱恨

那些在这里笑过的　爱过的人

如今　也不晓得去了哪里

我举着火把　没有什么可以点燃

和往事一起　坐在一颗石头上

冷得如一场悲剧

柔软的部分藏得很深

眼前的这座房子　需要翻新

需要一年年收拾　也无奈一年年生分

收费

我死的时候　要跟这个世界收费

除了一副薄薄的棺椁

还要有情人绵绵的雨水

四季不分昼夜的眼泪

还要在身旁种一枝梅

有心人折木依偎

这不太划算的一生

也无钱立碑

就容忍几株野草

遇风低下头　遇水垂下背

遇见来生　就轻轻碰一下身旁的你——

好看的花蕊

我怀

用你的眼睛　去装下山河辽阔

用你的嘴巴　去尝遍人间烟火

再借你的耳朵　听一听书里所说

也允许你的心　饱尽悲欢离合

岁月　风景　因果　一一从我的生命流过

我会站在徒劳之上　历遍枉然的河

用最年轻的心　走一趟注定苍老的路

一直到时间离开我　一直到

世事从我身上解脱　在这之前

我要拥有一个张开怀抱的一生

用真诚对待真诚

用一生去书写一生

也用一个吻

去俘获一个灵魂好看的情人

请

我的一生不需要碑文
这寥寥数语的故事
都被世事碾碎
随我走进了黄昏
而我籍籍无名的一生
也不值得
告祭的人捧来几束鲜花
更不必鞠躬和牵挂
我这孑然的一生
我亲爱的你们
请把鲜花献给情人
请把尊敬
留给英雄的奋不顾身

月歌（组诗）

六月

六月份我住在海边
食指拨动琴弦的声音
像海一样潮湿
没有雨的干扰
这样潮起潮落的气候
让我以为
所有的歌声像海

七月

七月份我流浪在路上
大拇指碰到琴弦的声音
像树一样麻木
没有行人陪伴
想象着很多人拉起手跳舞
唱过的歌都是走过的路

八月

八月份我回到家乡

小指勾动琴弦的声音

像酒一样断肠

葡萄藤下的夜晚

原来最适合平躺

教会我们唱歌的都是故乡

九月

九月份我路过咖啡店

想起吉他上那几根咖啡色的弦

像梦一样浅显

老板娘的玻璃橱里

有写满故事的信笺

流浪的人总喜欢

把故事留给昨天

十月

十月份我看到深海浮花
歌者用一弦写下情话
像莲一样层层
总有些心事
藏得够深

十一月

十一月份降落秋叶
季节就这样打响了琴板
像是珠玉落地
又被我们轻轻捡起
我们唱最老的歌
想念最古的河

十二月

十二月份大雪纷纷
北风杀死了所有的情人
眼睁睁木落归本
盼年年枯木逢春
他们反反复复地死去
又换个姿态重生

一月

一月份衣马轻肥
人们像是换掉衣服一样
脱下了所有的疲惫
也许一场大雪过后
才是草木丰沛
于是日光开始不再蜷缩
寒冰告别封缄了一个冬季的湖水

二月

二月份金戈铁马
镜子前的男人苍颜白发
然而人们为了生存
依旧要跨上马匹狂奔
也许我们每个人
都仅仅只是一个人

三月

三月份柳绿花红
这是离别的人唱出的歌
是谁留恋过往匆匆
继续我们未醒的春秋大梦
少年忘不去相逢
此去珍重

四月

四月份一无所获
五月份一无所获
于是人们懒散地
把时间花费在回忆上面
想念自己年轻的身体

所以我们的一生啊
一定要
用嘴巴唱完所有的歌
用眼泪流干所有的河

人们对生活

吃饱饭以后

还要读一首

有所粉饰

诗

理想

童年时
我便把自己的理想
挂在了天上
如今每颗星星亮起
都叫作远方

日子悄无声息

有一天清早醒来
人间没有变
但觉自己少了些什么
也多了些什么
日子如此悄无声息
风吹树影鸟轻啼

敢于提及的事情

朋友　下次你来看我
不要问理想
也不要问爱情
问我赚了几两碎银
问我几碟小菜与碎花的围裙
问我不用掬一捧热泪
便敢提起的事情

年轻的衣裳

年轻　是一件不老的衣裳

我们脱下月光　整整齐齐叠放

少年在黑夜的尽头　穿上一整个太阳

年轻　是一件年轻的衣裳

谁穿上　都迎着风　猎猎作响

当下

当下的每条路
都匆匆忙忙
人类轻飘飘的灵魂
时刻都打算飞行
一生都在走马观花
一生都被风吹雨打

回响

用一杯酒打翻一片绝望
借三两醉意点燃一枕黄粱
没有知己可以告别
每一晚都煞有其事地
送别一束月光
这言辞闪烁的夜晚啊
有我怅然若失的回响

耿耿于怀

那段耿耿于怀的日子
天始终不晴朗
万物都迟暮得如一个老人
我一直在劝慰自己释怀的
不是你突然的离开
而是很久以前
你曾是一束光　突然到来

徒劳

我们从出生出发
历经了时间和爱恨
然后把这个世界的风景
满目疮痍的繁华
漫长倦怠的故事
都带给了死亡

人间

人间还是那份人间
枝头还是那晚枝头
岁月悠悠　山河赳赳
亘古的没有变
只是昨夜李白的酒
今夜是我的哀愁

宇宙晃游者

人类独居于宇宙

独居其中最特别的一颗星球

我们靠灵魂彼此相识

而灵魂有两种食物

一种是深夜的酒

一种是纷纷的艺术

时间

有一天我问别人什么是时间
有人告诉我钟表
有人告诉我日夜
有人告诉我青春和年少
有人告诉我出生和死亡
但是为什么从来没有人
告诉我浪费
和身不由己呢

那天

那天我独自睡了一个午觉
院子里的夏天静悄悄
一阵风吹过竹床
吹过稻子拔节的时光
醒来后　夏天没了
童年也没了

一盏灯

白天离开时
也曾叮嘱黄昏
要为人间留上一盏灯
而青山以沉默见证
孤月斜斜影伴身
星光迢迢夜归人

灵魂

夜晚时于身体里栖息
白天　不知飘向了哪里
灵魂是隐秘　隐秘
不该久久羁押　如一只鸟儿
该飞去他的山里
活得比生命更遥遥无期

树

像一棵树
落落大方地悲惨
被四季纠缠
只顾咬住牙　咬住西风烈马
咬住夕阳西下
也许这露水般的一生啊
开不出任何一朵花
但到死也不会倒下

活得深情

认真爱一个人

或珍重一件事情

我愿自己沉醉　行吟

不避讳　不迟疑　不清醒

终生有幸　活得深情

莫停

要匍匐在磨难之中
要追求幸福的事情
要始终前行
无论有路　　无路
饮一杯酒　之后
将往事留给风尘洒扫
将脚步迈向长路迢迢

住在人生里

一个人能平静地住在人生里
发出光来
必然是与世界认真对谈过的
你应当深爱自己
同等深爱一切遭遇和庸常
用尽风情万种　活得漂亮

迷途知返

下山
种花也好
终老也好
就在山脚下写诗
给打算上山的年轻人
讲一个　迷途知返的故事

烧我的一生

灶台旁
一碗红烧肉的香
一把小米温火的黄
母亲添了把柴火
将我的一生烧得炽旺

不过

花在落
不过那些
缤纷的日子
还灿烂着

晴朗的主人

而人生　江湖险恶
在四季的刀光中
一间时时落雨的房子
应当有一位足够晴朗的主人

黎明

这个世界有五亿平方米的黑暗
就有五亿平方米的光明
在哪里有什么要紧
就大马金刀地待在黑暗中
黎明不敢不来

漫长

漫长的不是时间
是不知如何是好
世事从我身上流过
而我是一条空空的河

一生

在时间里我一无所获
在失望中我满载而归
我沉甸甸的一生
装满了空荡

宽恕

黄昏宣告人们的罪恶
一个夜晚宽恕了众生
只有那些久久不散的星
还在拷问我的灵魂
我无愧于天地
却是否曾
对得起自己？

岛屿

岛屿生活在海中
终身不配成为陆地
四季兜兜转转含糊不清
花花草草成为子民

我站在万物身旁

秋风一丈　落叶黄

匆匆的步子迈不动心事　银月光

我站在万物身旁

做人间骨子里的惆怅

人间迷途（组诗）

1

举头三尺　人间四方
在这片辽阔的土地上
没有人可以走得出故乡

2

原来苍老比年轻漫长
青山青　黄土黄　亘古的月光
一代人种下死亡
一代人啼声响亮

3

苦难有时　来日方长
人间摇摇晃晃
前路山高水长

4

一年空空的日子
虽无花果穰穰
却也爱恨满仓

5

谢了流光　落了序章
迎面日子晴朗
迎风光芒万丈

不曾苟且（组诗）

1

下班后　看到街边
有人给自己买了一束花
而夕阳西下　也买到了
一束晚霞

2

从前星光伴我们读书
如今月色下尽是孤独

3

我们只身黑暗
穿过伟大的人间
轰轰烈烈地　走向平凡

夜的一万种样子（组诗）

1

夜色和晚风
翻阅陈列在床上的我
我身体里的种种过往
我灵魂中的纷纷惆怅
读过后　在天空写下
片片星光

2

被子叠成信封
赤条条地装进去
然后闭上眼睛
把乏味的自己
寄给一场乏味的梦

3

已经没有人
可以互相倾谈
心事全指望
它自己烟消云散

4

每个城市的夜深
都是每个客死他乡的年轻人

为人类辩护（组诗）

1

雨水给青山解渴
却淋湿了多少过客

2

念一声阿弥陀佛
却用一生隔岸观火

3

秋天给季节换了衣裳
我们低下头
走入白雪茫茫

4

但愿一场大火烧掉时光
免得你怨憎余生漫长

5

一棵写满叹息的树
根子早就烂了
轻轻一推便了此余生

哀恸有时，风发有时（组诗）

1

万物生长　枝叶漫长
只有人类还在
流连忘返　眷恋过往

2

我大步向前
身后尽是
不值一提

3

我认定
人类的每颗心脏
都是孤芳自赏
始终负隅顽抗

4

即使疲惫不堪
也愿这一颗
漏洞百出的心
迎着风　永不靠岸

一颗不肯媚俗的心（组诗）

1

想变成一只
无关紧要的动物
一生都在疑惑
以及闲处

2

一无所成的日子
应当用心闲处
向山河风月问路

3

在遥远的春天
我们如此快活
不担心丰收
不害怕宇宙

4

人们对生活有所粉饰
吃饱饭以后
还要读一首诗

你是另一个

是他迟迟不

如何播种的

人的心事

知

种子

把诗献给爱人

我想给你　这片土地上最后的玫瑰

我想步入你的梦　做梦中的野鹤

我想给你满嘴谎言里的那句真话

我想给你唯一的信仰　奉上忠诚

我想给你走神的那一个小时

我想像我们站着　不说话　就十分美好的样子

我想喊一喊你　喊一喊就心颤的名字

我想　我想乱了前半生　想完了后半辈子

我想我是半截的诗　你是另一半

不可更改的那个情字

爱人啊　你出现在我面前时

我想　我读过的所有情诗

都差一点　描出了你的样子

贪杯的少年

我酒量甚浅
你的一点笑容入喉
我便醉倒在
滚滚的相思里面

有你的早上

应该有一个早晨

你醒在我怀里

我醒在世界的中央

接见赶来贺喜的太阳

路边朵朵叫不出名字的花

朵朵以我们的名义开放

时光开始写下

我们朝暮　晨昏　以及老去的模样

总之岁月漫长

我愿醒在世界的中央

也醒在　有你的早上

窗

请为我开一扇窗
山花海树
嬉笑平常
都入你心上

我想和你谈论拥抱

我想和你谈论拥抱
比如月色落满荒草
比如岁月萦回石桥

我想和你谈论拥抱
比如剑客的性命
与小叶紫檀的鞘
比如　柳弹　莺娇

我想和你谈论拥抱
比一个吻　更触及灵魂
如同静谧这个词
如同一只眷恋的蝴蝶

我想和你谈论拥抱
两个人　清风闲坐
两颗心　甜而稳妥

四行情诗

想写四行诗　给我的爱人
头三行　把我和你
用心写成　我们
最后一行　留给余生

放马来吧

给你最锋利的长矛

和无可救药

给我最温柔的腰肢

和春日迟迟

然后我们相爱

对这个世界打家劫舍

最后坐地分赃

甚至

我甚至都知道
如何靠近一座泪流满面的瀑布
甚至知道
如何接近星空跳起桑巴舞
甚至知道
携带恶意的狮子如何变得柔软
知道如何亲近一条颓丧的河流
就好像
对于如何亲近万事万物
都有一种与生俱来的天赋
只是一不小心
走到你面前时
一颗心
竟望而却步

住客

我这颗谨小慎微的心
在你敲响了门扉之后
从杂草丛生的往事里
一夜之间开满了花
我无心打理和收拾
匆匆起身相迎
我唯一的住客
这里除了你
谢绝光临

当我

当我欣赏太阳时
我不做夸夸其谈的诵者
我要成为最西边最好的那座山
在你必经之路上
接住你盛大的温柔与疲惫

当我爱上月亮时
我不做喋喋不休的夜莺
我要成为夜色中最宽的那片海
在你的目光之下
投影你绝世的岁月与皎洁

风景

我以为

这世间千山万水

都应当一一错过

不值得成为风景

谁曾想会在一个黄昏

遇到你的眼睛

乌鸦

我听闻爱有千万种说法

也有无数种表达

于是我把世间所有的情话

统统记下

可我嘴笨心哑

站在你面前时

却说不出一句话

路过江南时

你是谁的漂亮句子
开在春来的第几枝
会否逢唔我
路过江南时

让一切遇见一切

我相信命运主宰着一切

并且常怀善意

宽宥　仁慈　极尽美好的事

让风遇见黄昏

让街道遇见行人

让本不相干的我和你

遇见我们

趁

趁秋天没来
带我去爱里吧
我要一个长过季节的吻
要一个有你的一生
在漫长的岁月里
交换彼此的真诚

偷诗歌的人

玫瑰消亡

你在我心里点燃了三万朵玫瑰

浪漫是不够的　我要给你　我的性命

我渴望毁掉一切不属于自己的往事

让吹过你的风　都与我有关

在这一切开始之前

请摒弃一切与我相爱

来我贫瘠的土地重新播种

别种玫瑰　也别种泪水

种我们接近爱　胆大妄为　不知进退

乘客

我眼睛载到一位乘客
她只笑了笑
不开口
我便知道应该启程
载她去我的心里
住一生

写给你的信

我把春天写给你的时候

请不必急于回信

毕竟夏日漫长

我不做读信的人

去读一本诗歌

读一座小城里的溪水

缓缓从青山的眉间流过

落叶纷纷的时候吧

回一封秋天的书信给我

我好确定你的情意

然后在字字句句之间

献给你一个长长的吻

一直吻到大雪落满我们的肩头

一直到人间素裹

称之为景色

来意

在开始遇见你的那一刻
我便将一切都奉献给了神明
我绝不敢消耗一丝运气
所有需要交给命运的事情
都将被我一一放下
当我向着永恒走去时
所迈出的每一步
神明皆知我来意
知我必将娶你

风起时

湖泊本只是湖泊
云朵安心做那片云朵
但当风吹起时
每一片天空也应当允许
云朵投进湖水的心窝

每当风吹起时
爱字不由分说

很高兴认识你、我的读者.

当你翻到这一页. 每一个诗句. 便是你的故事.

无论此刻你在哪里
什么天气 什么气候
请允许这串偷来的诗歌
看看这个时刻
宇宙奉献给我们的景色

认罪

我不是江洋大盗
却是世间巨贪
实不相瞒
我贪图你的美色和浪漫

开不了口

耳聪目明的海风
路过我的窗子
把心事偷听去
然后马不停蹄地
奔向你的耳边
却笨手笨脚地
讲不出一句话来
我并不怪它
只怪我的心事
总是羞于启齿

念及她名

我脑海中有很多种灿烂人生
关于夏天　　日落　　旅行和黄昏
直到我开始念及她名
灿烂人生这句话
才终于有了真正的解答

请你紧紧抓住我的手

把手交给我
然后闭上眼睛
我将用力把你
拉进我的世界
飞越千山万水
等到你睁开双眼
看见我心里为你
开满的花

入境

每天晚上　我的梦都与你接壤

在你辽阔的边疆

我的马匹无力　我的脚程迷失

马背上　我腰杆笔直

如一把待射的标枪

漫山遍野的花　眼泪一般透彻的湖

这世间的风景　一一从我的脚下后退

我马不停蹄　长风骤起　我追逐

追逐一条通往你的路

我亲爱的梦中净土

我从远方赶来　风尘仆仆

不为征战　不为降服

长风是我投诚的旗帜

白云是一封好看的降书

我将携带整片土地的深情

申请入境　申请两方净土

在漫长的岁月里　朝朝暮暮

文学梦

你是漂亮的一行诗　句句诚恳

你是我荡气回肠的小说

故事结尾里也不肯落笔的人

你是清醒且冷冽的杂文

敲我的骨　刻我的魂

你是优雅而复古的剧作

翩翩且流着泪　踩一束灯

你是散文里　任何季节的风声

你是我的文学梦

人海

两颗心相遇之前　都曾惴惴不安

在漫长的　各不相干的日子里

我们都要好好打磨清风朗月

肆意与岁月纠缠

好在人群之中点点头

成为彼此的另一半

做我的信仰

想给你造一座房子

我心如塞北的高原　西风烈马

想种三万朵玫瑰

我心有揭不开的面纱　大雪一直落下

想去山里捡来片片星光

洒满我心中愁云惨雾的天堂

想建一座好看而不落俗的神殿

免得你总在我心中乱逛

不肯地久天长

不肯　做我的信仰

续写

你带着一万页的情诗
光临我浑浑噩噩的日子
玫瑰只是其中一页
岁月接着续写

第五个季节（组诗）

1

我有半边心脏住着笑意
另外半边住着你

2

当你自大雪纷飞中走来
草色万千　花色浓
然而春天　只你一种

3

我被人糟蹋的花园
遇见了你这座春天

4

月亮是你手中的萤火
眉眼聚起了第五个季节

请以你的名字呼唤我（组诗）

1

总说人生无常
是漏了你这点月光

2

你眼睛是山水
你怀中是故乡
你是我必然要走的路
你是我志将老死的远方

3

你是五百年唐诗宋词
里面的那一个情字
你是古往今来英雄史诗
也斩不断的相思

4

把有关于你的心事
一五一十酿成酒
在你说爱我的时候
一醉方休

情诗是情诗
爱你是一件

具体的事

如春

我始终如春天一般诚恳
对每一朵玫瑰不闻不问
也不曾理会森林中
带着露水的那片早晨

湖泊有湖泊的神
海有海边的黄昏
我恋恋你的风尘
不舍你羞怯的吻

我始终
如春天一般诚恳

路过

我试探过
半明半暗的月亮
也在一个小镇
偷尝过一杯春光明媚

我路过鸳鸯比翼齐飞
路过大风成群结队
路过人们熟知
或者不熟的南方以北
路过塞前的白鹭
草上的羊群

路过人群中是是非非
缘分里来来回回
但未曾防备
路过你这座山水

原来不爱高楼魁梧
只恋青山皱眉
在我所有的猝不及防中
只有你　当之无愧

分食

心中的血
只够沸腾一次
爱人和理想
对半分食

季节

口袋里兜满了夏风
我们去秋天的市集上
跳舞和献媚
把好时光挥霍一空
然后我们之间
开始下雪

一期一会

你是一个无论如何
都美好的人
无论用哲学　诗文
还是世俗眼光的标准
你搬到了我的心尖
住进了我的灵魂
有着命运　缘分
以及清风明月的首肯
而清风为仙　明月为神
你是目成心许　温澜潮生

你在

你在

这人间便谈不上好坏

青山颜色不改

四季拥我入怀

生命中的繁华

——盛开

万事万物

都可爱了起来

自缝隙而入

我浑身缺点　漏洞百出
一生贪嗔痴恨
妄求自牧慎独
然而浮云　然而朝露
你是消解万物的日出
沿着我的缝隙而入

我爱你啊

我爱你啊

必定是招摇过市人尽皆知

我要让整个春天知道

这样每一朵花都为我们而开

我要让夜色中繁华知晓

整座城市都为我们眉开眼笑

我要让漫天神仙徒劳

人世浮华三千　不如你的笑

我要将玄之又玄的爱讲给精灵山怪

我要携四季拜访星辰大海

我要生命中的一切通通倒退

我要宇宙中的无垠纷纷赶来

我要你

我要你明目张胆的爱

也要你　眉眼盛开

我们俩

当爱占满一切时
世界可以只有两个人
风花雪月都成为点缀
冷漠的时间不过是一次约定
向风招手　向世间的一切告别
此刻　什么都无关紧要
我爱着你时　你爱我
就好

如人间盛满的月光

想想有你　这失意的人生
也满了起来
我这个从不知足的人
就此对这个世界兴不起一点点恨
一切都满了起来
如此刻人间盛满的月光

相思

忽然想给你写一封信
不写擦了又擦的句子
不写热泪盈眶的诗
就夹一片刚刚落下的叶子
告诉你　这世间每件事
都染了相思

想你在人声鼎沸时

挂掉电话之后

去一家餐馆吃饭

日落的嗓音嘈杂

临街的商铺卖花

整个城市　　没有人关心粮食

大家着眼于一顿饱饭

隔壁的年轻人在谈时政

我抽了一张纸巾　　写诗

想你在人声鼎沸时

遇见你，遇见春天

我要在森林里写诗

草色绵绵　树叶翩跹

阳光肥大的身子挤过密林

探头探脑地出现

我捧着关于你的句子

挨家挨户地安抚

一只动物焦躁不安的心

一朵花蓬勃生长的愿望

一片森林翘首以盼的短浅

我知道　我知道你会来到我的身边

我知道　会有一个春天

蹦蹦跳跳出现

船

我会遇到一条船

会结结实实地遇到

船上有春天　有叫人垂涎的樱桃

甲板上落不下任何一只鸟

缆绳是我们跳舞的丝带

扬起帆是星辰和拥抱

落下锚是日落和舞蹈

我们会始终航行

穿过冰川　穿过风暴

穿过四季如春的小岛

海市里的高楼　高楼下的街道

欢腾的啤酒花　失落的行星

我们注定迷失在爱情的海上

我们会在海边相爱

我们会在船上终老

萦系

风不行　云朵不行
一场大雨不行
饥肠辘辘的耳朵也不行
这一颗心　一刹那
一万吨的想念
只有我怯生生的吻
才能安然无恙地
带到你面前

一万口新鲜

买一把双人伞
做两人份的饭
搭配一个吻
给晚安

看喜欢的节目
沙发上丢满书
一万口新鲜
给孤独

摇摇欲坠的春天

湿了杏花眼

醉了齐眉间

鼻是湖水踏清波

唇是青山一抹红

清风拂面

荔枝甘甜

梨花开遍

你是我

摇摇欲坠的春天

如约而至的夏天

蓝色的海边

冰汽水的甜

微风轻抚花的脸

你点点头　出现

万物缠绵

日夜消遣

你是我

如约而至的夏天

诗的名字

想你这件事
按下心底却又跃然纸上
我心不在焉地写了几个字
读了几首诗
想念却得寸进尺
愈加无法收拾
这世间的每一行情诗
我都读出了你的名字

半生

想你是一件颇费时间的事
我借着喝醉的黄昏
穿过市井慌乱的行人
在一个宁静的码头或者闹市
轻轻柔柔地想你一次
只一次　便想乱了前半生
想完了后半辈子

每当我想起你

每当有人谈到世界如何
每当有人说起形形色色的生活
他们会忘记月光　忘记云朵
忘记整个宇宙星空的平和
而我总是想起你
你比宇宙璀璨
你比时间具体

镰刀姑娘

孤独长成饱满的稻子

你是那个拖着镰刀的姑娘

温柔而坚定地

进行收割

从此以后我的怀抱

任你种花种草

从此以后我的原野

载满你的欢笑

样子

你开口唤我的名字

在你开心时　不开心时

有事　或者无事

醒时　睡时

如此日复一日

便是我想要的生活

该有的样子

惜爱如命

要和爱的人一起

吃饭　旅行

看书　跳舞　写信

抢被子　打闹　发神经

买菜　种花　失眠　看电影

永远年轻

永远惜爱如命

我有了你

从今天起
我要把夜晚归还给月色
把孤独归还给星河
我有了你
每一杯酒都敬给浪漫
每一道烛火都留给晚餐

从明天起
我要把日落送给情人
把海边留给有你的黄昏
我有了你
这烟火人间再无一点贪嗔
这杳杳银河仅余一颗星星

辜负

愿你下雨的时候
我总是有伞
否则相识这故事
未免太心酸

向秋

万物都奔向秋天

只有我　奔向你

像一匹声嘶力竭的马

像众生规劝不住的盛夏

我要去收割属于你的季节

果实成熟　岁月可口

每一次的落叶纷纷之后

都饱含你内心的丰沛与深情

我覆水难收

当树叶开始落下的时候

我注定奔向你

奔向你盛大启幕的秋

与你有关

你穿着裙子　　树木穿着阳光

我从早市买回蔬菜

给他们洗澡　　脱衣服　　撒上盐巴

然后像是哄睡爱情一样

让他们的眼角　　眉梢

都带上年轻少女的爱意

毫无媚态

有着稻子熟透的光泽

还有新鲜的牡蛎和即将死去的鲤鱼

他们游出大海以及河流

牛奶　　早餐　　还有丰盛的便饭

突然到访的朋友以及邻居

云朵　　朝露　　悲伤的号啕

时过境迁的昨天

我想或者不想你时　　上扬的嘴角

每个安然无恙的夜晚

每次东张西望的痛哭

在我想到的每一种　　与你有关

在我知道或者不知道的　　不一而足

我想这世间万物

都应该带有爱你的温柔

永不坠落

一生要住进多少影子
斜晖脉脉时藏起
每当太阳落下山
我的人间暗淡
我的灯火碎成一盏

我不眷恋太阳
时而炙热　时而冷漠
我要你是风中倔强的烛火
即便微弱
也因我
永不坠落

长短

一生的事情　很长
急在一时
也不急在一时

一生的事情　很短
你在身边时
和你不在身边时

开往你的火车

我已经坐上开往你的火车
沿途的风景在看什么
在看一趟载满思念的车
飞奔起来有多么急迫

我已经坐上开往你的火车
沿途的山风卷什么
卷起想念　沿着弯弯曲曲的河
早一步钻进你的心窝

我已经坐上开往你的火车
沿途的耳朵听什么
听思与切犬牙交错
而悲歌磊落　情歌疯魔

我已经坐上开往你的火车
坐上了时速 243 的慢车
它撑不住相思的饥寒交迫
载不了一个吻的如饥似渴

我已经坐上开往你的火车
而终点站是你说
想我

于是我们的人生有着这样的始末

我想要去赚很多钱

然后环游世界遇到你

等到我们都累了的时候

就在一个我们中意的小城

开一间小店停泊我们游走世界的心

邀一些散落各地但不曾断掉联系的朋友

参加我们在初夏举办的婚礼

你告诉所有人你愿意与我共生到老

我告诉所有人我愿意待你至死靡它

然后我的妈妈开始催促你为我生下孩子

我为其取名并且祈祷

你也为其织起毛衣

我们在他出生的那一天捡到一只脏兮兮的小狗

和他一起长大

帮他捉鸟　打架

等到他长大的时候也让他去环游世界

而我们开始慢慢变老

开始在心里偷偷告诉上帝要让对方活得久一点

我还是会写诗

你也依然唱歌

只是年轻人开始不喜欢我们这种风格的小店

我们靠着它延续一点微薄的营生
日日在火炉旁打盹
像炭炉里的火一样垂垂老去

你念叨着环游世界的孩子
我整理着他从小到大的影像
像诗歌那样编辑成册
等到他环游世界回来就给他自己的人生
而我们在老去的屋子里依旧老去
每一件家具都有我们的故事
你擦着洗着就会发起呆来
说起那个故事的始末
一直说到我们老眼昏花的时候
你倚在结婚时别人送来的椅子上
等候着孩子的电话
他会耐心听完你的唠叨
而我不会表达

然后有一天我会特别兴奋地交代你收拾行李
我拿出咱们一生的积蓄
关上店门　带着你
再一次去到我们相遇的地方
回首来时的路
把人生早已淡去的痕迹重新再描一遍
最后留下一个省略号并且画上一个圆

我自静默向纷华（组诗）

1

你来时不说一句话
这人间便青山牧马
遍地繁花
多了一处家

2

这个世界会好的
从我遇见你那一刻开始
我才肯放下所有偏执
坦然承认这件事

3

你是你　是我心中的神明
就像阳光下一株好看的树
是世界晴好的样子

4

你应该很暖和吧
毕竟你一直在我的心里
过冬

早春相思（组诗）

1

我拥抱着生命的一切
爱与日落黄昏
你和岁月星辰

2

今晚的月色真美
适合在你的怀里
悄悄入睡

3

长夜漫漫
我们需要用一个吻进行交谈
需要一个　春风沉醉的夜晚
燃尽旷野的烈火
把灵魂交换

给诗一个爱人（组诗）

1

在沉迷于你眼睛的那一刻
才欣然觉出自己的伟大
早于世界很久
发现最亮的星辰

2

想无缘无故出现在你面前
干干脆脆地笑着
不说想你　不说爱你
然后点点头
省掉所有问候

3

我想喊千百次你的名字
从一句相思
喊到你老了以后
依旧好看的样子

4

婚书上写下什么并不打紧
哪怕白纸一张干干净净
只要最终落款的是
我和你的姓名

回想起我

缺斤短两的

你是那个写

青春

满遗憾的人

仅此而已

你不是失去爱人
你只是撕去了日历中
那几页认真和诚恳
而爱人　应当是
铺满了一生

入秋

有时候你

像夏天一样令人舒适

陪我的身体喝酒

度过炎热的念头

也悄悄摘一朵野花

被风吹走

做种种沉重又轻巧的梦

却最终停留在九月

与我告别

摇摇头

不肯入秋

注定

我们注定遇上芸芸是非
遇见一个人来
把心拧碎

值得

你像夏天一样值得怀念

值得告别

值得祝福

值得我抱着夜晚痛哭

但我们

毕竟已到了秋天

药在无眠之时

人类瓜分了星辰皓月
用来入药为石
却只救了一点点相思
药渣都苦在了
无眠之时

相逢过的人

转过身
你我之间隔着黄昏
山海之间隔着行人
我深知切勿告别
奈何你我是相逢过的人
注定朝着离别　启程

走进

你满载着心事朝我走来
每一步都留下了一座王国
我像一个无知的孩子嬉戏其中
为你看守日落
而千帆过尽
世事都被我忘记
却从未被命运放下
我走进过你的爱
却从未走进你的孤独

与你相识

谈了许多心事的
那个夏天
终于也变成
这个夏天的
许多心事

晚安：写给九九

你出发了　去温暖另一个世界
你停下了　却没有与所有人挥手告别
悼惕　目送　悲不停歇
眼泪　遗憾　痛切更迭
你去了另外一个世界
这人间茫茫于野
少了一朵最美的花
我想和你的家人
和这个世界所有的朋友一起
与你送别　与你一同把这个世界
所有的悲痛　如一盏灯熄灭
最后你和我们互道晚安
我们在这个世界　继续盘桓
你去另一个世界　四季平安

始终

你始终在江南待着
我的梦便夜夜落着雨水
入了水北街
我要在一个晴朗的地方
去爱一个晴朗的人
我要为她而渴
为她忘记广济桥下的河
你院子里的枇杷
记得年年寄一些给我
我好尝一尝
你所在的时光

如故

我在灰烬里捡起漆黑的骨头

我已经没有血肉可言了

我没有想到爱情会将我烧成这般模样

在河边清洗疼痛时

我沉默了很长的岁月

我不敢举起火把　只隔岸观火

但当你出现　点燃对岸的森林时

我将纵身一跃跳入回头无岸的河

这世间　有哪一桩事情不是以身涉险

来趟人间　本就是为了粉身碎骨　以成其全

我将再一次跨过山的灰烬　长河的长

投身爱　投身理想

停顿，然后下一行

很多人　很多事　都像写诗
无论上一句如何结尾
我们都得就此搁笔
停下脚步　适当悲伤
停下怀念　轻声回响
总要继续抬头　看看月亮
开心与不开心　停顿后
我们都要好好开始　下一行

除此之外

当我想你时
夜色中几颗星星
窗前点点流萤
凌晨的银河
遥远而宁静
除此之外
我一无所有

遗憾

盛夏白瓷之时
我给秋天写了一封信
如今清风做读信人
说起关于遗憾的事情
每一句　都落叶纷纷

骑兵与箭

英勇征战的骑兵啊

当你忘了我一个人策马狂奔的时候

我已经无法看清你的背影

于是我多么想要把自己变成一支箭

不管长风在我耳边说着怎样的话

我都想要无畏地射进你的心窝

然后扑通一声像掉进水里一样

被你一路征战的心包裹

当人们发现你的尸体时

你依旧双手紧握着我

让我死而无憾的是

你至死也无法把我从你的心里拔去

最后世人称颂你的功绩时

不会宣读

你因为我爱你而死

而我也是

诗人和摄影师的旅行

黄昏　我们到达一个无人的沙滩

搭篷　宿留　点起篝火

趁着天闭了眼的时刻　裸奔

忘记你曾说过　要带她环游世界

然后我们扑进大海　却空手而回

眼睁睁地打不到一条鱼

于是我们把篝火用来跳舞

把梦想留给孤独

我会在一个山谷　遇上喜欢的姑娘

那里种满了茶树

而旅途的风尘仆仆之后

也许我的脸会很脏

但是我爱你的灵魂　干干净净

今天我穿坏了第八百双鞋子

每一只都填满了勇气

也许第八百零一双的时候

我们会看到草原上

牛羊把地平线吃得越来越低

牧马的少年吹着怕风的短笛

流浪人带着满身倦意

猝死的黄昏落进覆雪的山里
而亲爱的姑娘
为远走的恋人哭泣

人事音书

你路过我的春光明媚

离开我的望穿秋水

当雾气锁住凝眉

当笛声告别夕炊

最好你舍得我送别的眼

从此一去不回

最好我忘掉你流水的心

再无浊酒一杯

当我赶起羊群踏尽青草

当你忘了路过此地朝朝暮暮

天晓得柔情似水

妄想谁泪眼愁眉

等到所有的故事都死去

我爱过的人都成灰

有的变成河水

有的变成眼泪

于是我假装欠你一个吻

你流着泪让我说话
像是站在雨中
而我不言不语

就好比是此刻撒泼的路口

你闭上眼睛等我
像是索要一个吻
而我不言不语

而我不言不语地
看着你说话
假装欠你一个吻

我总是长久地梦到
为你的眼泪撑伞
也眼睁睁地辜负了你
每一个下雨天

于是我假装欠你一个吻
并且打算归还

当一棵树有了爱情

你看见我了吗
我就生长在你几步之遥
可是我被种得太深了
否则我就会走路去看你

但是我总会忍不住挣扎的
于是我一天一天变得没有力气
当我被自己连根拔起
倒在你面前的时候
你看见我了吗
亲爱的

邮差

亲爱的邮递员

你可以在递给我来信时

送给我一朵花吗

在你路过的小河边

开了好久的　寂寞的花

然后我把她放在写字台上

教我写信

夜里我就把她插在瓶子里

让她学着台灯的姿势睡觉

第二天看到阳光

她教我在一开始

要对喜欢的人写下亲爱的

我就花了一天时间写下

亲爱的

第三天等到了白云

她教我很轻很轻地写下

那些很重很重的话

第四天她生病了

我就没有写信

她的脸色变成了蜡黄

可是笑起来还是和夕阳一样

第五天她睡着了

我没有写信

我给她喝好多好多的水

她不能像台灯一样睡觉了

第六天我把信给了邮递员

昨晚她在梦里告诉我她要回家了

让我把她睡着的身体放进信封

帮我对他说没有教我写完的话

第七天下雨

第八天下雨

第九天邮递员把她送了回来

他的衣服淋湿了

告诉我　我的信只有六个字

寄信要有姓名和地址

然后说还好认识送我的花

原来我把信交给你的时候

你听不到我没有写完的话

还回了我寄给你的信

却忘了还回我寄给你的心

海边的气候

我用一个死去了很长时间的贝壳
写你的名字
这是海边的气候

为什么突然间多了许多人
而我叫不出名字
浪花的起居有海风照料着
鱼儿的饮食藏在房子里
所以人们心安理得地光临

你看海的心情像白色的海鸥
而我看海的心情是你紧蹙的眉头
你用我们的帆布鞋在沙滩上摆出形状
像彩色的光一样整齐划一

在海里游得很远很远的时候
我想游回来
因为你在沙滩上捡到了贝壳

后来我们捡到了很多海星
还有一个白色水母被我们所救
你常常没有眷恋地转过头去
真想知道你想把什么收进眼眸

186

偷诗歌的人

我在一开始写下开头
你却在结尾丢下最后

我用一个死去了很长时间的贝壳
写你的名字
这是海边的气候

海风里的冬天

那些只能远远望着你的日子
像暮色里的蝉
消失在海风里的冬天

一场大雪的前奏如此之长
长长地铺满了我的悲伤
阳光在这个冬天是个安静的孩子
像二十支歌那样绝望

在我熟悉你的时候
你是陌生于我的
一如阳光与清晨

而我抬头看向你的勇敢
像太阳一样长满尖刺
便无可奈何地　在风起时
闭上你的阳光

月神

今夜月亮既然照见了我的心事

它应当如神明　舍一份仁慈

否则我也将　为了爱捣毁一种信仰

如同捣毁我内心深处　迟迟　久久

不曾停歇的张望

今夜我寄予厚望的月光

当视我如情人　黑夜漫长

当拒绝人间　染指雪域而来的太阳

珍惜遇见之后的事情

路过一朵花的时候
不曾细细想过
她该怎样走过了四季　山水迢递
又如何掩住内心的悲戚
江南的景色　纷纷开始结果
而她熬过了许多咬牙待放的日子
才终于遇见了我
遇见了　可能的悲剧

本质上

没有并肩飞行的鸟

在本质上也没有相爱这件事

大概恰巧路途一致

往南同飞了一阵子

也没有挥手告别

仅仅亲近白天

夜里独自栖居在陌生之地

觉得光临了每一座森林

亲吻树叶　享用露水

像是到死都不会疲惫

然而迂回

她和他　你和我心有不甘地

游离这不值当的人间

游戏于爱情的短浅

倘若讲我们

没有人知晓

我们偷偷去过海边

在刚刚认识的时候

与早先的那次恰巧遇见不同

与往后的从不赴约也不相同

倘若讲　我们有故事

也大概只有这么一桩

是人间事乏善可陈

是心头事敝帚自珍

四季以及遥远

你扫我肩头的落叶
扫我衣领边上的雪
拨弄我春天的发丝
在盛夏的黄昏赴约
没有一道景色可以言喻一生
但你是我翻山越岭的爱人

靠岸

有所预料的蒲公英

有所预料的城市

有所预料的那棵杏树

最后也偏离了事实

最后也远离了旧址

和谁也都没有在一起

和谁也都没有构建起一生的友谊

回想起十七岁的时候

觉得人生

真是个面目全非的过程

我深知命运如此

聚散离合　再回首

也当在自己的往事中做客

去建造房子吧

去新的家里

做幸福而温和的主人

招待有些人的一生

而有些人　虽来得稍晚

但却以一生　向我靠岸

很久以前的事

实不相瞒
今晚的月色很淡
像极了很久以前的事
很久以前
你带着月色敲我的窗子
而月色不置一词
只轻轻柔柔地照着
你笑的样子

静默的黑鸟

我无法不在这个阳光盛开的冬天想你
哪怕只是你的一个笑容
仿佛你已经从我的天空远去
留下一个枯萎的背影

你的眼如同静默的黑鸟
眨眼之间便有我的相思万里
而我从来都是
一场你不愿久留的风景
被你淡漠地飞过
飞过阳光深处
飞过万里云谣

当然你从不告别
从不告别我的凋落
从不告别我的不舍
从不告别的是
留不住你的春夏
和一个人的秋冬

永失我爱（组诗）

1

我酿一胸膛烈酒一样的爱
怎么你风尘仆仆走来
只是尝一口
就离开

2

不想成为你回首的往事
但愿我们分别的这段日子
会有一天被写成
殊途同归这个词

3

故事结局时
你像黄昏一样消失
却没有和清晨一起
如约而至

4

最后　我是你故事中的
别来无恙
后来　你是他故事里的
来日方长

5

谢谢你在我最糟糕的时候
喜欢了我那么久
你留在夏天吧
我将跳进落叶纷纷的秋

抵押出去的心（组诗）

1

风雪敲不开的家门
春天用一朵花办到了

2

你是另一个人的心事
是他迟迟不知
如何播种的种子

3

你站在悲伤中伤心地哭
让给你擦泪的我
反反复复

4

最终爱情都成了鱼罐头
换过水换过空气换过衣裳
新鲜感明火执仗
保质期暗度陈仓

有时我是日

支付安静的

听它向我贩

以及半梦半

子的顾客

片刻

卖黄昏

醒的云朵

第六章

从日子里窃一物幻想

月光与故乡（组诗）

1

今夜　月亮是一朵暖阳
照耀我心　和家的方向

2

我提着
月亮是故乡的一盏灯
灯照着
故乡外形单影只的人

3

月亮收拾停当
走起路来摇摇晃晃
这三两步的人间　路途遥远
我和家乡　隔着月光那么长

赏月（组诗）

1

今夜月亮不在
也许她伤心时
也需要偷偷躲起来

2

今晚月亮没来
大概不知如何面对
人类今夜的心事超载

3

今晚的月色真美
适合在你的怀里
悄悄入睡

打算

黄昏后
打算请月亮喝酒
可月亮迟迟不来
我付得起酒钱
却请不到一个朋友

听雨（组诗）

1

雨在写诗
我伸出手
接住几个句子

2

天空如果是一棵树
它该掉了好多叶子吧

3

什么人打碎了太阳
碎成一颗颗珠子闪亮
洒落了人间　一阵清凉

4

我羡慕下雨时踩水玩乐的人
我不羡慕这份乐趣
我只羡慕他不匆忙
人间诸事无恙

5

雨是季节的插曲
是苍生的旋律

6

为了奔赴一个晴天
我躲避了好几年
我淋湿过
我是个不敢冒雨寻你的人啊

7

撑一把伞作乌篷船
借忙碌一点闲散
我们走出屋檐
取一两清风为伴
晃晃悠悠入江南

看云（组诗）

1

云朵驮着浪漫
人间苟且偷安

2

太阳毒辣的时候
一朵漂亮的白云
被晒得黝黑
成了一朵伤心的乌云
给人间流下了好多眼泪

3

白云散了架
碎成千万朵花
一半送给晚霞
一半　送给她

4

一朵云生了病
一朵云红了眼睛
人间接不住她的泪水
苍生捧不起她的珍贵

5

成群结队的白云招摇过市
便是人间最珍贵的日子

6

躺在青草地上面数着云朵
清风徐徐数着我的快乐

烤雪为诗（组诗）

1

把所有关于雪的诗
丢进温酒的炉子
一首一首　烤着吃

2

秋风吹过
叶子落成了雪

3

雪就这么心无旁骛地落了下来
人间无碍　心事洁白
即便冬天不来　等雪的人
也会继续等花开

4

大雪给人间披上了婚纱
青山骑上白马
等到春天上门提亲
岁月风光出嫁
礼成后　人间遍地繁花

5

青山太青了
总要下一场雪
才皎洁

6

在大雪纷纷的人间
我有一个缓慢
而诚恳的春天
送给你

雪落的城池

听你讲过　下雪的时候

金陵便回来了　紫禁城里有人谈笑

从洛阳的街头　不久后　长安便会灯市如昼

徽州的水墨跃然洁白的雪上

而冰梨花开满庐州

我实实在在是没有见过

但也隐隐约约知晓

每当雪落在我的城池

你是隆冬时　洁白的心事

214

偷诗歌的人

在雪地里写诗

大雪是一张洁白的宣纸

四季挥毫泼墨

凡人作画作诗

短的风月　长的相思

无论拙劣或是成为作品

在一年将尽时

岁月也会覆上一层新雪

我们应当装裱得失

在新的一年　好好重新开始

见物一（组诗）

枕头

总是气鼓鼓的
但疲惫　慵懒　欢愉
或者任何时候
你都让人沦陷
让人不可自拔

拖鞋

花几十块钱买来一条船
做一位灵魂庸俗的船长
有时停泊在夏日悠长
有时航行在大街小巷

台灯

每天耷拉着脑袋
但不管多丧
只要需要
就会给我一束温暖的光

书架

书架上住着许多人的思考
每当夜里我睡不着
他们就跳出来
吵吵闹闹
赶走人间的浮躁
也熄灭　夜晚的喧嚣

见物二（组诗）

电视机

别人的悲欢离合
而我是一个看客

电风扇

你会爱我吗？
电风扇
一整天都在摇头

冰箱

万物皆有天性
每当我待人温暖
你就变成了坏蛋

热水壶

越是人声鼎沸时
我越是孤独
人间的匆忙

保温杯

满腔热情滚烫
也终将会冷下去
甚至冰凉
我并不善变
只是我的热情
也终究有限

见物三（组诗）

调料盒

你为我准备的酸甜苦辣
我会就着美好的食物
一口吞下
没关系　人类总有办法

拖布

身为一只拖布
只有拖拖拉拉
才可以把事情做得
干净　又漂亮

垃圾桶

所有的垃圾
我都可以帮你
暂时管理
但垃圾不要放太久
会臭

洗衣机

洗衣机老了
脾气也大了起来
一工作起来就吵吵嚷嚷的
惹人心烦

见物四（组诗）

行李箱

装走了我们最美好的时光

装走了你的生活用品

装走四季的衣裳

装走我　恋恋不舍的目光

甚至连一只炸了毛的牙刷

都舍不得丢下

却怎么舍得把我丢下　不再珍藏

陪着你去　没有我的地方

火车

火车吃下很多人

摇摇晃晃地向前

跑了一路

然后全都吐了

雨伞

有你在
人间的泪水
就下不进我的心里
即便命运湿了我的衣裳
你也始终温暖我的肩膀

相框

十七岁的我在相框里面笑
笑相框外三十岁的我
俗气又狼狈地烦恼

有光一（组诗）

太阳

每天早上都在世人的目光中
姿态妖娆地伸着懒腰
一起床就脸红红的可爱样子
搞得满世界都是
我的情敌

闹钟

我们总在破口大骂
那个准时叫醒自己的人

牙膏

买了一支脾气不太好的牙膏
刚跟我回家时气鼓鼓的
哄了一个月
气才稍微消了点

牙刷

牙刷藏得特别深
跟牙膏一起回来的时候
柔柔顺顺的
一副好脾气的样子
等我好不容易搞定牙膏的情绪
她就天天给我炸毛
气得我迟早有一天
甩了她

有光二（组诗）

衣柜

面对衣柜时
总有些选择困难症
每一件衣服
都争先恐后地想跟我出门
都说待久了太闷

公交车

公交车一路喘着粗气
费劲挤开人车的洪流
屁股一扭一扭地赶了过来
恰好准时
接上每个人奔波的日子
然后一路扭着肥胖的屁股
继续往前飞驰

落日

落日像是放羊的老人
余晖像是温柔的皮鞭
驱赶着工作了很久的白天
我在车窗里跟他打着招呼
约好明天早上再见

吊灯

下班后打开家门
吊灯像是被惊醒的宠物一样睁开眼睛
明晃晃的　带着眷恋的光蜂拥而上
疲惫与厌倦死缠烂打地追进家中
被吊灯的柔和赶跑
然后嗖地彻底投入我的怀抱

有光三（组诗）

衣帽架

衣帽架穿上我刚脱下的那件
枣黄色的大衣
戴上那顶格子棒球帽
成为这个家的主人
双手叉腰

晾衣架

在阳台上接衣服们放学
大家齐刷刷怨我回家太晚
他们早就荡秋千荡腻了
一整天太阳晒得人昏昏欲睡

音响

音响高兴地唱起了我喜欢的歌
我偶尔跟着哼唱几句
开心的时候就跳到沙发上舞蹈
把自己逗得哈哈大笑

床

被子躺在床上朝我招手
语气温柔又宠溺
我扑腾一下倒进她的怀里
淡淡的洗衣液香气
钻进心脾　令我着迷
枕头像一朵云一样
使我无法自拔　陷入柔软里

晚安

到了夜深，发现大家都有些情绪低落，可能夜晚是个恼人的时刻。

肥皂在认真地减肥，流着滴滴答答的汗水，手机在发光发热，吸引我的目光，沙发在承受压力，文竹在喝水。

吉他安静了一整天，枕头因为我的移情别恋气鼓鼓的，台灯耷拉着脑袋，散发着昏昏欲睡的光，床在眼巴巴地索取我的怀抱。

衣帽架堂而皇之地思考，不肯睡觉。
这颗星球依然星光灿烂，不愿潦草。

而我，在失眠，也在爱你。

后记

　　想说的话有很多，脑子里许多念头翻来滚去，最终还是踏踏实实落成了"感恩"二字。从十几岁开始写到了三十岁，感恩是我特别想说的一个词。

　　犹记得上学时，刚写了几首诗，就收获了许多赞誉，很多同学，甚至老师，都在夸你有才华，可我心想这哪里算什么有才华，我的老乡海子那才是天才，虽然他的许多诗我也读不懂，但我大受震撼。然后便一发不可收拾地读了更多人的作品，顾城、北岛、余光中、张子选、里尔克、聂鲁达、泰戈尔、博尔赫斯、阿多尼斯、叶芝等许多伟大的名字走入了我的世界。

　　这些只要你读诗，就不可避免要读上一读的诗人，囫囵着读，自以为读了几首诗，愈加滋生了傲慢。看不上很多人，写的诗也越来越被很多人看不懂，就连自己有时候回看都觉得莫名其妙，偶有诗意，却无诗情，也无诗心。明白了什么是为赋新词强说愁，越来越拧巴，自己和诗都生成了一只忧郁的怪物，一度有一种遗世独立的茫然感，觉得自己是不被世界理解的一部分，正如我也不太理解这

231

个世界。

诗应该是这样吗？我很疑惑。

我清楚这样很糟糕，但也不知如何是好，好在我一直有一个认知，关于人生所有的疑难，你都可以在书中找到答案，可惜我书读得太少，我的疑难都是急症病号。于是我一直读一直读，读更多的诗，读更多和诗歌有关的书，我看刘年的《诗歌，是人间的药》，我读里尔克的《给一个青年诗人的信》，最终刘年和里尔克拯救了我。我慢慢觉得诗不应该脱离生活，甚至不应该脱离时代，无须把诗歌戴上皇冠，也无须将诗歌捧得高高在上。

那段时间我写下了《时代》这首诗，我悲观地写下，诗死于诗的辉煌，诗人活在盛唐，以及想象。

我们的祖先对风雨雷电等许多的自然现象无法理解，于是统统把这一切归于神明。出于敬畏，他们对神明唱出颂歌，表达人们对风调雨顺的期望，希望获得丰收，希望有更好的生活等，这便是诗的起源。

在很长一段历史当中，诗是普遍的艺术，是属于大众的，是离不开生活、自然、社会的。没有任何一个时代，如现代诗（新诗）这般离大众开始越来越远，同样，也没有任何一个时代，如现代诗（新诗）这般自由。我一直希望诗歌能回归大众，现代诗（新诗）也曾人人争读，可现在真的越来越远了，起码我希望自己所写是这样的，我也希望所有人都诚恳一些，无论文学性较高的，或是通俗的，通通诚恳一些。

我无意界定诗的标准和定义，这也不是我能干的事。诗是什么？关于它的定义，古今中外也是众说纷纭，莫衷一是，百八十种肯定是有的。我也不建议定义诗歌，就像刘年说的："诗无定势，水无常形，新诗，本质就是自由。"那些定义诗歌的人一定都是不可爱的，我始终认为，它应该自由一点、轻松一点、自信一点。

那段迷茫和自我否定的时期过去后，偶然看到有人讲，据说白居易每写一首诗都要走到大街上，读给老弱妇孺听，确保每个人都能听懂才满意，他认为写诗就是要让所有人都能读懂才算好诗。于是我也尝试诚恳一点，不写似是而非的诗，开始写简单一点，但简单的写作，在一段时间里是失败的。

好在这个世界从不缺乏善意，也从不缺乏鼓励以及奖赏，因为这些，我纵容自己继续往这条路上走了下去，而自己也成了一个偷诗歌的人，从岁月中盗得几首往事、从爱人的眉眼里偷一首情诗、从日子里窃一物幻想。

这就是我每一首诗的由来，他们从爱里来、从恨里来、从失眠里来、从睡梦里来、从孤独寂寞里来、从牧马的草原里来、从乘风的山谷里来、从人事已非一朝秋叶一朝雨水里来、从久别重逢两个馒头两个好友里来。他们就是这样生长在我的身体里，出现在我脑海当中。

以上这些，是我个人写诗以来的心路历程，也是这些诗一首一首生长出来的缘由。

感恩古往今来、古今中外所有的诗歌创作者，对于我来说，诗歌是这个世界上最丰盛的宝藏，无论何时，我都有幸从诗歌当中获得力量。悲观如我，只有在读诗时，才觉得身处这个世界，不是一件让人难过的事。

感恩喜欢我的朋友，不感恩讨厌我的人。嗯，我这个人有点小气，不喜欢不喜欢我的人，不论是我个人还是我的诗歌。

我的诗歌很小，小到只有爱的人、自我以及庸常，但私以为，我的诗歌也很大，毕竟，这就是我全部的天地。我装不下讨厌我的人，这三两步的人间，只剩爱和短浅。

感恩我的爱人，我所有情诗的主人，她值得世界上所有更好的爱。

感恩我的家乡，安庆这座小小的城，我祖祖辈辈生活的地方，有我太多太多来自家人、家乡的爱，感恩这片精神食粮生长不竭的土壤。

感恩我的编辑老师，我亲爱的陆萱，于茫茫人海中看到了我，一个无足轻重的、小小的偷诗歌的人，所以才有幸成书。

更要感恩我可爱的读者们，从相识的同学、友人到陌生人，太多太多的名字，时时等着更新，当成心头好来四处推荐，催促我出书，始终给予鼓励和包容……这些对于一个写作者来说，是最温暖的事情，因为你们，让我一直有幸走到了今天。

大概我写的每一首诗都源于一种心事，你直接地或者拐了弯地懂了它，那就说明我们也许有那么一点点是相同相知的，或多或少。可能某一天，某件事，让你突然想起了我的一句诗，而我有幸用几个字替你笑了一次，替你哭了一次，替你和这个世界对谈了一次，这大概对于我来说，就是这本诗集让我最有成就感、最幸运的事。

最后，愿你我都有幸从生活中，偷得一点诗意，从诗歌中，获得力量，从尘世中，获得幸福。

曹韵

2022年2月12日

好好吃饭

好好生活

希望我们都过得快乐、

山高路远

我们花开见